NE PLEURE PLUS, MARIE

DU MÊME AUTEUR CHEZ LE MÊME ÉDITEUR

L'Esprit de famille (tome I)
L'Avenir de Bernadette
(L'Esprit de famille, tome II)
Claire et le Bonheur
(L'Esprit de famille, tome III)
Moi, Pauline ! (L'Esprit de famille, tome IV)
L'Esprit de famille (coffret tomes I à IV)
Cécile, la Poison (L'Esprit de famille, tome V)
Cécile et son amour
(L'Esprit de famille, tome VI)
Une femme neuve
Rendez-vous avec mon fils
Une femme réconciliée
Croisière (tome I)
Les Pommes d'or (Croisière, tome II)
La Reconquête
L'Amour, Béatrice
Une grande petite fille
Belle-grand-mère (tome I)
Chez Babouchka (Belle-grand-mère, tome II)
Boléro
Bébé couple
Toi, mon pacha (Belle-grand-mère, tome III)
Priez pour petit Paul
Recherche grand-mère désespérément
Allô, Babou, viens vite… on a besoin de toi
(Belle-grand-mère, tome IV)

(suite à la page 119)

Janine Boissard

Ne pleure plus, Marie

roman

Fayard

Couverture : Nuit de Chine

ISBN : 978-2-213-72126-2

Remerciements

Un grand merci à cette lectrice de *L'Amour, Béatrice*, qui, lors d'une fête du livre, m'a incitée à écrire ce roman épistolaire à l'ère des réseaux sociaux.

Merci à Patricia Chalon, présidente de l'association Enfance majuscule, qui défend si bien les enfants en péril, de m'avoir aidée à dresser le portrait du petit Léo qui, du haut de ses cinq ans, est un personnage important de cette histoire.

Ce 20 mars

Madame,

Vous venez de trouver dans votre boîte cette lettre signée d'un inconnu. S'il vous plaît, ne la jetez pas, acceptez de la lire même si, sous le règne du roi Internet, une vraie lettre, sur du vrai papier, écrite à la main, une « lettre hirondelle » comme dans la chanson, peut vous paraître incongrue.

Inconnue, vous ne l'êtes plus vraiment pour moi depuis samedi dernier. Ce soir-là, j'avais accepté, non sans réticence, d'accompagner des amis à une conférence sur l'adolescence, organisée par une association de parents à Poleymieux-au-Mont-d'Or. Combien étions-nous dans la grande salle aux lourds rideaux de velours grenat et aux boiseries dorées ? Pas loin d'une centaine, me semble-t-il.

Et c'était bien ce que je craignais : un monsieur très digne aux cheveux gris, décoration à la boutonnière, a disserté longuement sur une jeunesse privée de repères, livrée à elle-même, prisonnière des réseaux sociaux, sourde à la parole des adultes. Une femme l'a suivi, à peu près du même âge, chignon et bouche pincés, qui a fait le procès d'une société de consommation inapte à communiquer avec les jeunes et où des parents dépassés donnaient tout, donnaient trop à leurs enfants pour se faire pardonner leur incurie. Bref, les vieilles scies subies à longueur de journée.

Déçue, lassée, l'assistance ne se privait pas de bâiller. Plusieurs personnes se sont sauvées que j'aurais bien imitées.

Et puis votre tour est venu.

Vous êtes montée calmement sur l'estrade et, avant de parler, vous avez observé un long silence, comme pour laisser au public le temps de se ressaisir et souligner la gravité de l'instant. Et déjà l'intérêt revenait, une lumière sur les visages.

En quelques mots simples, directs, vous avez remarqué que ces enfants, loin d'être tous gâtés, étaient en réalité privés de l'essentiel : un regard, une écoute, un geste de tendresse. Et, pour les plus jeunes, d'une autorité qu'ils rejettent, mais qui au fond les rassure. Privés aussi de désirs, ces désirs qui nous poussent en avant et parfois nous élèvent.

Ce frémissement dans votre voix, cette ardeur dans votre regard, l'émotion était là. Et quand vous avez parlé de l'amour, « notre grande affaire à tous », l'amour sali, défiguré, incarné par ces sites pornos auxquels, dès 10 ans, nos enfants ont accès, l'amour réduit à la chair, sans âme – vous avez osé prononcer le mot –, un souffle de délivrance est passé, il fallait que ce soit dit, vous vous en étiez chargée. C'est alors que j'ai décidé de vous écrire.

Êtes-vous encore là, madame ? N'ai-je pas été trop long ? Si vous ne m'avez pas quitté, restez encore un peu s'il vous plaît, le temps que je me présente.

J'ai 40 ans et le bonheur d'habiter la maison de mon grand-père à Saint-Romain, également au Mont-d'Or, une maison avec un jardin où se dresse un pommier grincheux qui, en saison, me bombarde de vilains fruits cachant sous leur peau fripée de délicates saveurs, un parfum exceptionnel. C'est à son abri que je vous écris.

Ne vous croyez pas obligée de me répondre, même si, dans les jours à venir, je ne pourrai m'empêcher de faire quelques tours du côté de ma boîte à lettres.

Merci de m'avoir écouté jusqu'au bout.

Jean Derode

Poleymieux, ce 24 mars

Monsieur,

Quelle jolie surprise, que cette enveloppe, portant mon nom et mon adresse, écrits à la main, trouvée parmi les prospectus, les factures et autres voix grises, puisque vous me parlez d'écouter. Et comment aurais-je pu ne pas lire votre lettre jusqu'au bout, moi qui, depuis l'enfance, cultive la passion des mots !

À l'âge où les copains planaient avec la chanson, je me régalais de leur musique, rêvant de devenir écrivain. « Un » écrivain comme Colette, dont ma mère m'interdisait la lecture et que je dévorais la nuit sous mes draps, à la lumière d'une lampe de poche.

J'ai 39 ans, je ne suis pas écrivain, mais instit' en maternelle à Poleymieux, où je m'efforce de donner aux petits le goût de la lecture et de l'écriture, et leur raconte ces histoires aussi nécessaires à leur croissance que le lait et le pain dont on les nourrit. Des histoires qui les aident à grandir, à mieux comprendre le monde où ils vivent et à s'armer pour l'affronter.

Vous allez sourire, j'ai moi-même hésité avant de venir dans la salle aux boiseries dorées où se tenait la conférence. C'est une amie qui m'a convaincue d'y participer afin, prétendait-elle, de « rafraîchir » l'atmosphère. À en croire votre lettre, j'y suis parvenue.

Comme vous, j'ai le privilège d'avoir un jardin et, chaque matin, le chant du chardonneret me réveille. Un oiseau au caractère bien trempé, dit-on. Sans doute est-ce pour cela que les autres se contentent de fredonner à mi-voix.

Mon arbre à moi est un chêne majestueux que j'ai appelé César. Un arbre qui m'a accompagnée durant mon enfance. J'aimais à emplir mon tablier de ses glands, des glands « doux », donc comestibles, et courir le vider sur la table du jardinier qui leur retirait respectueusement leur chapeau avant de les faire sauter dans la poêle. Ma mère, elle, concoctait avec l'écorce du chêne de mystérieuses infusions dont elle disait qu'elles guérissaient l'inflammation. Et comme j'avais un peu trop tendance à m'enflammer, même si j'en trouvais le goût amer, j'en buvais de petites gorgées.

Monsieur, puis-je vous faire une confidence ? Je crois aux rencontres. Je crois que quelque part, quelqu'un nous attend avec qui notre solitude prendra fin. Un rêve de midinette ? J'assume. Il n'y a pas d'âge pour rêver.

César et moi vous souhaitons un beau printemps.

Marie d'Ambert

Ce 2 avril

Votre réponse, madame, m'a comblé. Cette enveloppe bleu tendre dans ma boîte, je ne l'espérais pas si tôt. Je craignais même, comme je vous l'ai dit, que vous ne me répondiez pas. Et, savourant vos mots dans mon jardin, j'ignore pourquoi, il m'a semblé plus grand.

Comme vous, je crois aux rencontres et aussi à ces histoires qui aident les enfants à grandir et vivre mieux. Parfois aussi les adultes, qui s'en inventent pour eux-mêmes.

Rassurez-moi : les contes de fées de M. Perrault sont encore appréciés des petits ? Ces contes qui les faisaient trembler, mais où, à la fin, le loup, l'ogre ou l'affreuse sorcière se prenaient une déculottée par le minuscule héros ?

Vous avez des rêves de midinette ? Me voilà qui grogne comme un vieux croûton. Mais un point nous réunit. Vous vouliez être écrivain et vous êtes instit'. Je rêvais d'être garde forestier et je suis pédopsychiatre. Tous les deux nous préoccupons de l'enfance.

Mon père avait la passion des arbres, ma mère, plus simplement, celle de son potager. Je l'y aidais au retour de l'école, m'attardant plus volontiers du côté des haricots-beurre : un délice, dégustés frais avec une persillade. J'en cultive un carré dans mon jardin, ainsi qu'une quantité de fleurs pour donner du travail aux abeilles qui, décimées par les insecticides, perdent parfois le chemin de la ruche, condamnant ainsi leur reine à mort. Le bluet vivace, la jacynthe et la rose trémière sont les préférées de ces demoiselles.

En ce qui concerne votre chêne, savez-vous qu'il en existe plus de 400 espèces et qu'il a vu le jour à l'époque où, au Groenland, le figuier prospérait ? Mis à part ces broutilles, on dit qu'à sa naissance Zeus trouva refuge dans sa ramure, ce qui lui valut le titre honorifique de « roi des arbres ».

Il paraît que, lorsqu'on l'abat, il pousse des cris déchirants qui retentissent dans toute la forêt. Écoutons les sanglots des forêts amazoniennes.

Mon modeste pommier présente ses respects à votre César.

Jean

Ce 8 avril

Des figuiers au Groenland ? Est-ce bien vrai ? Et qu'en pensent nos très sérieux climatologues ? Je ne les ai jamais entendus en parler. Et si c'était l'une de ces légendes que les hommes aiment à se raconter, depuis la nuit des temps, pour se rapprocher du ciel ?

À propos de nuit, une image ne cesse de m'émouvoir : celle de nos très lointains ancêtres, se jetant à genoux, l'aube venue, pour remercier leurs dieux de leur avoir rendu le soleil. En effet, chaque soir, le voyant peu à peu disparaître, ils redoutaient de l'avoir perdu à jamais. Combien de jeunes vierges furent-elles sacrifiées avec pour mission de les amadouer ! On raconte que l'une d'elles, au bord du puits où l'on s'apprêtait à la précipiter, s'écria : « Je leur dirai que vous êtes de mauvais croyants ! » Ce qui lui valut d'être sauvée.

Pour en revenir à mon travail d'instit', un petit garçon me soucie. Il s'appelle Léo et il a 5 ans. Il est rare de le voir sourire. Il ne partage pas les jeux des autres enfants et semble en avoir peur. Seul le dessin le motive un peu. Et voilà qu'hier, Mélanie, haute comme trois pommes, lui arrache ses crayons de couleur et les jette contre le mur : de la pure méchanceté. Il a pleuré, tous se sont moqués, j'avais le cœur serré. Dites, monsieur le psy, les enfants sont-ils naturellement cruels ?

L'idée de maltraitance m'est venue et j'en ai parlé à la directrice, qui m'a ri au nez. Le père de Léo est un haut fonctionnaire estimé de tous, sa mère s'emploie à aider les démunis et il a une sœur plus âgée qui brille en primaire. J'ai été priée de mettre un frein à mon imagination.

N'empêche, je veille.

L'odeur de vos haricots-beurre persillés chatouille les narines de la gourmande que je suis.

Marie

Ce 11 avril

Chère madame,

Imaginez que ce matin, sortant de chez moi, je croise le facteur. Il tire de sa sacoche une enveloppe bleue et me la tend avec un clin d'œil, guettant ma réaction.

Richard est un vieux de la vieille qui se désole du nombre décroissant de lettres à distribuer, le règne du numérique gagnant de plus en plus de terrain. Il raconte que, il n'y a pas si longtemps, on le recevait dans les maisons, lui offrait à boire, se confiait à lui. J'ai bien vu qu'il brûlait de savoir qui était cette Marie d'Ambert inscrite au dos de l'enveloppe. À sa grande déception, j'ai pris un air souverainement indifférent. Il semble que nous ayons un complice qui s'ignore. Affaire à suivre.

L'incurable curieux que je suis s'est renseigné sur l'origine de votre prénom. Il viendrait de « Myriam », qui signifie « goutte de mer ». La mer, notre lointain berceau. La mer, notre mère à tous.

Et savez-vous quel est l'autre prénom féminin le plus répandu sur la planète ? Tout bêtement « Sophie », qui veut dire « sagesse ». Notre bonne comtesse de Ségur devait l'ignorer lorsqu'elle a créé son insupportable Sophie Fichini.

Merci de m'avoir parlé de votre Léo ; il m'a touché. Les enfants, naturellement cruels ? Je ne le pense pas. Mais de plus en plus, quand ils ne s'attaquent pas aux animaux incapables de se défendre, ils se montrent sans pitié vis-à-vis des plus faibles, des « différents », dans leur entourage.

Et là, les parents doivent se montrer intraitables, inculquer sans relâche à leurs enfants le respect de la vie, fût-ce celle d'une mouche ou d'un ver de terre. Sans pour autant ignorer qu'un enfant persécuteur est bien souvent lui-même en souffrance.

En fin de semaine, j'attends la visite de mes parents. Ils ont pris leur retraite en Alsace, d'où ma mère est originaire. Gertrude, la personne qui gère la maison du vieux garçon que je suis, astique l'argenterie et fait scintiller la porcelaine.

Elle a la soixantaine et c'est une sorte de gentil dragon. Ce qu'on appelait autrefois une « femme de confiance », tout est dit.

Un aveu pour terminer. Sur le calendrier de la Poste, j'ai entouré d'un rond de couleur les jours où me sont arrivées vos jolies enveloppes bleu espoir.

Jean

Ce 14 avril

Myriam-Marie : goutte de mer. Joli !

Mais ne parle-t-on pas aussi d'une « goutte d'eau dans la mer » ? D'un « grain de sable dans le désert » ? D'une « paille dans une botte de foin » ? Ce que nous sommes. Et pourquoi pas une étoile parmi les milliards que compte la Voie lactée ?

Monsieur, je souhaiterais vous proposer un pacte. Promettons-nous de ne jamais chercher à nous rencontrer, ni même nous appeler et surtout pas de photos. Restons l'un pour l'autre une voix amie. Il me semble qu'alors j'oserai aller plus loin dans la confidence. C'est que j'en ai lourd sur le cœur. Et voyez, il s'entrouvre déjà.

Si nous nous voyons, notre histoire deviendra banale, convenue. Alors, décidons du contraire, choisissons la belle aventure de lettres comme celles qu'échangeaient autrefois madame de Staël avec ses soupirants ou madame de Sévigné avec sa fille. Cette correspondance dont nous nous régalons encore aujourd'hui, écrite sur du papier vélin, fin et soyeux, dont on dit que le nom vient du latin *velo* : « veau nouveau-né ».

Mon aveu à moi ? Je garde dans mon sac votre dernière lettre. Il m'arrive au cours de la journée d'y appuyer ma paume et de me dire : « Il est là, il faudra que je lui parle de ceci, que je lui raconte cela », et je me sens plus légère, accompagnée.

Ainsi, vos parents vont venir bientôt vous rendre visite ? Je suppose que, pendant que votre gentil dragon briquera l'argenterie, vous ferez sa grande toilette à votre jardin.

Pour ma part, durant les vacances de « printemps » – adieu Pâques, ses cloches et ses œufs en chocolat ? –, j'irai passer quelques jours chez mes parents à moi, également à la retraite, eux à Dole, en Franche-Comté, d'où ma mère est issue. C'est un pays sombre où le noir de la forêt tranche avec la soie claire de lacs naturels. Un pays couvert d'abbayes qui faisaient dire à mon oncle, hélas décédé, que sa sœur avait manqué sa vocation de « mère abbesse ».

Comment vous la décrire ?

Croyante à l'excès, elle ne supportait aucune dérogation aux règles qu'elle s'était fixées, à elle-même comme aux siens. Certes, elle nous aimait, n'était-ce pas son devoir ? Mais elle ignorait tout de la tendresse, si douce que parfois on la préfère à l'amour. Devant elle, on aurait dit que mon père cherchait à disparaître. Je me garderai de lui parler de vous, je la vois déjà froncer les sourcils.

J'ai demandé à Léo s'il voulait bien faire un dessin pour un monsieur très gentil qui s'intéresse à lui. Oh, Jean, si vous aviez vu son regard écorché d'espoir, tandis qu'il bredouillait : « C'est vrai, madame ? » Je veux le prendre pour acceptation.

Dites-moi vite : d'accord pour le pacte ?

Marie goutte de mer

Ce 16 avril

Mais bien sûr, Marie, votre pacte me convient ! Et je m'y tiendrai aussi longtemps que vous le souhaiterez. Pardonnez-moi seulement de ne pas dire « toujours », c'est un mot dont j'ai appris à me méfier.

Ce que vous me racontez de votre mère m'attriste. « Mère abbesse », j'y vois du noir. On parle de « donner le jour », certaines, hélas, donnent la « nuit » à leurs petits. D'où lui vient cette intransigeance, cette sécheresse de cœur ? Il faudrait sans doute remonter loin dans son passé pour en trouver l'explication. Quoi qu'il en soit, sachez que je suis là.

Mes parents à moi viennent de repartir après un séjour bien trop court à mon goût. Mon père m'a attribué une mention très bien pour mon jardin et j'en ai été fier comme l'enfant dont nous gardons toujours une part en nous, qui tantôt nous pousse à avancer et tantôt nous retient. Il m'a appris qu'en Alsace, particulièrement touchée par la sécheresse, le charme avait pratiquement disparu et que le chêne succombait à son tour. On envisage de le remplacer par le cèdre, un arbre du Sud, qui résiste mieux à la chaleur. Si vous demandiez à César ce qu'il en pense ?

Je vais vite poster cette lettre afin qu'elle vous accompagne durant les quelques jours que vous passerez à Dole. À propos, comment vous y rendrez-vous ? Train ? Voiture ? Je ne sais même pas si vous en possédez une. Toutes ces choses mineures que nous ignorons l'un de l'autre alors que c'est souvent un détail qui nous en apprend le plus sur quelqu'un.

Vous dites que, devant sa femme, votre père cherchait à disparaître. Et s'il n'attendait qu'un signe de vous pour se redresser et vous ouvrir ses bras ?

Je vous entends : « De quoi il se mêle, celui-là ! »

C'est que vous m'êtes précieuse.

Jean

Ce 22 avril

Chère Marie,

Sans réponse de vous, je suppose que vous n'avez pas reçu ma lettre avant votre départ pour Dole. Je vous y disais que j'acceptais votre pacte. En doutiez-vous ?

J'espère que le séjour chez la « mère abbesse » n'est pas trop douloureux, que vous tenez bon, moi à vos côtés. Vite, des nouvelles !

D'une certaine façon, je suis également en vacances, la plupart de mes jeunes patients s'étant envolés vers d'autres paysages. J'en profite pour me balader, d'autant qu'il fait très beau. Hier, j'ai fait le tour de Saint-Romain en pensant à mon grand-père, qui m'y a légué sa maison. Le soleil faisait palpiter la pierre dorée des murs et les toits de tuile rouge. Je me suis arrêté un moment près de la fontaine à la Coquille et j'y ai plongé mes mains en me rappelant la devise du pays : « De roc et d'eau ». Ce pays dont vous êtes aussi.

Dans votre dernière lettre, vous parlez d'ouvrir la voie aux confidences, permettez-moi de commencer.

Marie, j'ai un fils : Lucas. Durant quelques années, j'ai partagé la vie d'une jeune infirmière. Elle était belle, intelligente, généreuse et je l'aimais beaucoup. Lorsqu'elle a compris que le « beaucoup » ne lui suffisait pas, que mon cœur, occupé par une autre, ne lui appartiendrait jamais, nous nous sommes séparés. À l'amiable, sans cris ni reproches, afin que Lucas en souffre le moins possible. Il semble que nous ayons réussi. Il a aujourd'hui 19 ans, un humour d'enfer et une charmante petite amie. Tous deux sont en fac de droit à Lyon.

Et samedi dernier, le voilà qui débarque à la maison à l'heure du déjeuner, une bonne bouteille à la main – c'est lui ! Nous partageons un petit plat-Gertrude. Suis-je en manque ? Je lui parle de vous, de notre correspondance. Marie, ne m'en voulez pas, si vous aviez entendu son rire !

– Alors comme ça, vous vous envoyez de « vraies » lettres, sur du « vrai » papier ? Avec une plume d'oie ?

Je lui ai raconté la façon dont nous nous étions rencontrés, cette conférence à laquelle je m'étais laissé entraîner, le blabla habituel et l'apparition d'une fée qui avait conquis l'assemblée. Et quand je lui ai répété vos mots sur l'adolescence, les parents dépassés et l'amour galvaudé, il m'a réclamé votre numéro de portable, voulant vous appeler sur-le-champ pour vous témoigner son admiration.

D'une voix faussement détachée, je lui ai répondu que je ne l'avais pas. Il a crié qu'il « hallucinait » (j'adore) et exigé votre adresse. Si je la lui avais donnée, il galopait jusque chez vous.

J'en ris encore. De tendresse.

À part ça, de petites boursouflures commencent à apparaître sur les branches de mon pommier, annonçant la fleur. Dès la première venue, je vous l'envoie en colis recommandé avec accusé de réception.

Jean

Ce 5 mai

Marie,

Je suis inquiet. La rentrée scolaire a eu lieu, vous êtes donc là. Alors pourquoi ce silence, mes lettres restées sans réponse ?

Aurais-je dit quelque chose qui vous a choquée ? Vous aurais-je heurtée sans le vouloir ? À moins que tout simplement vous en ayez assez de notre correspondance et décidé d'y mettre fin.

De façon si brutale ? Je ne peux le croire : ce ne serait pas vous.

Ma fidèle Gertrude a senti quelque chose. Je l'ai entendue en parler à sa fille. Il n'y a guère de jours où elles ne s'appellent. Parfois, il me semble qu'elles complotent non pas « contre » moi, mais en « faveur » de moi.

Je regarde mon portable et, me souvenant du rire de mon fils, je pense à ces SMS que l'on reçoit dans l'instant. Le temps que j'écrive ces mots, mon appel vous serait parvenu. Si je connaissais votre numéro – car Lucas a raison, vous en avez forcément un –, je ne résisterais pas. Au moins entendrais-je le son de votre voix.

Elle m'était si douce. J'ai si peur de l'avoir perdue.

Marie, que vous arrive-t-il ?

Jean

Ce 8 mai

Jean,

Vous êtes bien la cause de mon silence. Ma mère a découvert vos lettres dans mon sac. Elle les a lues, elle les a détruites et après elle m'a tuée : à petit feu, à mots assassins, à coups de Kärcher, j'ai l'habitude.

Vous l'auriez entendue !

« Mais qui est cet homme, ce soi-disant psy, ce "vieux croûton" comme lui-même se nomme, qui t'envoie ces lettres ridicules et larmoyantes dont, bien sûr, la midinette que tu es se régale ? Et depuis quand participes-tu à des conférences ? Te permets-tu de parler de l'amour ? As-tu perdu la mémoire ? Oublié tout le mal que tu as fait à ceux qui t'aimaient ? Aurais-tu l'intention de recommencer ? Sache que je ne te le permettrai pas. »

Jean, je vous dois un aveu. Sur ce point, ma mère dit vrai : j'ai été la cause de bien des souffrances et le suis encore.

À une époque de grande fragilité, où j'étais incapable de lui résister, elle m'a jetée dans les bras d'un homme : Pascal Chevalier. Un homme bien, un homme bon, que je ne pouvais que décevoir. Le mariage en grande pompe à la collégiale de Notre-Dame, dans le Jura, dont elle rêvait. Cet homme, je l'ai fait beaucoup souffrir. Nous avons divorcé, elle ne me l'a toujours pas pardonné.

Ce n'est pas tout.

Vous avez un fils : Lucas. J'ai une fille : Aude. Elle a grandi sous le même toit que sa grand-mère, dans une atmosphère de mensonge, avec une mère incapable de la défendre. C'est un miracle qu'elle s'en soit sortie. Elle fait les Beaux-Arts à Lyon. Nous nous voyons souvent.

Le Jura est un pays de vertige, il suffit que je m'y retrouve pour avoir la tête qui tourne et que je perde mes forces. Durant ce bref séjour, ma mère a réussi à me convaincre de mettre fin à notre correspondance. Au nom d'un secret que je me suis engagée à ne jamais révéler à personne.

« Tu l'emporteras dans ta tombe », se plaisait-elle à me répéter. Et il est vrai que dans sa grande maison prisonnière de la forêt, marchant entre les tableaux d'ancêtres aux visages sévères, j'ai parfois l'impression d'avancer sur des cercueils.

De retour à Poleymieux, j'ai trouvé vos trois enveloppes. À la fois je les espérais et les redoutais. Liée par ma promesse, je ne les ai pas ouvertes. Sans doute les aurais-je jetées si ma fille n'avait pas débarqué. Aude était au courant de ma visite à sa grand-mère et elle a le don de sentir quand ça ne va pas. Je lui ai tout raconté, son « MAMAN » indigné a remis les choses à l'endroit.

Elle m'a fait comprendre qu'une promesse extorquée sous la menace ne valait rien.

Alors me voilà. Me pardonnerez-vous ?

Marie

Ce dimanche 11 mai

Oh, Marie, ce bonheur quand, hier, notre ami facteur m'a tendu l'enveloppe bleue avec un sourire jusqu'aux oreilles, comme s'il avait senti mon inquiétude et qu'il attendait lui aussi votre lettre avec impatience. Je l'aurais bien embrassé.

Ainsi, vous avez une fille ? Mais quelle belle et grande nouvelle ! Une fille qui fait les Beaux-Arts et qui remet « les choses à l'endroit ». Je brûle de la connaître mieux. Vous m'en reparlerez, n'est-ce pas ?

Vous me demandez de vous pardonner, mais de quoi ? De quoi vous êtes-vous rendue coupable vis-à-vis de moi ? Vos lettres ne m'ont apporté que du bonheur, n'ai-je pas cessé de vous le répéter ? Quant au secret que vous évoquez, rassurez-vous, je ne vous demanderai pas de trahir la promesse faite à votre mère. Pour en revenir à votre fille, Aude, j'adore ce prénom, qui pour moi rime avec aube.

Je me pose une question : les lettres qu'elle vous a volées étaient-elles dans leurs enveloppes ? Si tel est le cas, elle a pu relever mon adresse. Dois-je m'attendre à recevoir un courrier vengeur ? Le « vieux croûton » se ferait un plaisir d'y répondre.

Mais non, je déraille ! Cela ne ferait que vous blesser davantage.

Comment va votre Léo ? En voilà un qui compte sur vous et sait que vous ne le lâcherez pas. A-t-il fait le dessin qu'à sa façon il vous avait promis ?

Midi : sortie de messe à Saint-Romain. Entendez-vous sonner les cloches ? Elles nous disent qu'existent des lieux de tolérance et de pardon, contrairement à ce que certains voudraient nous forcer à croire. Et puis, mai n'est-il pas votre mois ? Le « mois de Marie » ?

Je joins à cette lettre une photo de mon pommier en fleur. Il s'est paré pour vous.

Un homme heureux

Ce 14 mai

Jean,

Voici le dessin que Léo m'a tendu ce matin sans un mot, le regard fuyant. S'il est froissé, c'est qu'il l'a tiré de sa poche pour me le donner. De toute évidence, il l'a fait en cachette de ses parents.

Cette maison aux fenêtres aveugles, cette porte sans serrure, ce toit vide, ce dessin sans ciel, m'ont bouleversée. J'y lis une absence totale d'espoir, un enfermement complet. Vite, dites-moi ce que vous en pensez.

Et ce que je dois faire.

Il lui est arrivé quelque chose durant les vacances. Depuis son retour, il ne parle pratiquement plus, même à moi. À la cantine, c'est à peine s'il touche à son assiette. La dame qui s'en occupe s'en est émue : « Dis donc, petit, tu nous ferais pas une grève de la faim ? »

Inutile de vous décrire la façon dont les « copains » le regardent. Suivant votre conseil, je me montre intraitable avec ceux qui se moquent de lui. Je prends ma grosse voix et, en général, cela suffit. J'essaie aussi de leur parler de « respect », un mot qu'ils ignorent.

La directrice refusant de m'entendre, je mène ma propre enquête. C'est la plupart du temps sa mère qui vient le chercher à la sortie de l'école. Une grande et belle femme très distinguée. Elle se tient à l'écart des autres mamans. Madame de la Presle ne parle pas à n'importe qui… Lorsque Léo sort, il va vers elle comme à reculons : ni bisous, ni rien, un simple signe lui ordonnant de la suivre.

Jean, ne vous moquez pas : hier, j'ai décidé de la filer, à bonne distance pour que le petit ne me remarque pas. Elle n'est pas allée bien loin : dix minutes de marche jusqu'à l'école privée Notre-Dame : un établissement quatre étoiles. Et là, elle a daigné se mêler aux autres parents. Une cloche a retenti, les enfants sont sortis. Il me semble avoir tout compris.

Une ravissante fillette aux longues boucles blondes, uniforme impeccable, cartable rose au dos, a couru vers elle qui lui a ouvert grand ses bras et l'a serrée longtemps contre sa poitrine en riant. Tout près, on aurait dit que Léo cherchait à disparaître.

Oh, Jean, j'ai eu si mal ! Je me suis enfuie.

Son haut fonctionnaire de père, l'homme irréprochable, respecté de tous, est-il au courant de la façon dont sa femme traite leur fils ? Je ne peux croire qu'il l'ignore.

Alors que faire ? À qui m'adresser pour l'aider, le sauver peut-être ? S'il vous plaît, Jean, guidez-moi.

Vous aviez raison, c'est sûrement aussi pour ce petit garçon perdu que j'ai refusé d'obéir à ma mère.

Et continuerai.

Marie

Dimanche

Salut !

Je peux vous appeler Jean ? Moi, je suis Aude, la fille de Marie. Marie d'Ambert, votre « correspondante ». Ça y est ? C'est bon ? Vous voyez ?

J'aurais préféré vous téléphoner, mais j'avais pas votre numéro et, de toute façon, vous appeler dans le dos de ma mère, très peu pour moi.

Je viens vous demander de pas la lâcher. Si vous la lâchez, c'est clair, elle s'éteindra tout à fait. Déjà que ça a jamais été le grand feu, le feu de joie, la faute à ma grand-mère qui lui pourrit la vie. Elle, je l'ai baptisée la « veuve noire », ça lui va trop bien.

Ça m'étonnerait que maman vous l'ait dit, mais tous les jours que le diable fait, à 6 heures pour être sûre de pas la louper, elle l'appelle.

Imaginez le réveil en douceur ! Un jour, maman n'a pas répondu, vous savez ce qu'elle a fait ? Deux heures plus tard, elle rappliquait. Au cas où sa fille aurait eu un invité dans son lit, sait-on jamais ?

C'est elle qui m'a élevée, ma mère en étant, paraît-il, incapable. Manque de pot, moi je savais me défendre et je détestais les oukases. Quand elle en a eu assez, elle m'a envoyée chez les Sœurs : le paradis à côté de la maison. Et, mes 18 ans sonnés, je me suis barrée. À moi, la liberté et la galère des p'tits boulots, mais, s'il l'avait fallu, j'aurais fait la manche. Le tapin ? Quand même pas.

Aujourd'hui, j'ai 22 ans et je vis allégrement dans le péché avec mon copain. Je fais les Beaux-Arts, ça vous forge un regard. Lui, termine ses études de droit.

Maman a un secret qui la ronge. Un secret qui remonte à quand j'étais petite. Je me souviens de cris, d'injures et de portes claquées. Et d'elle qui venait se réfugier dans mon lit en me demandant pardon. Pardon de quoi ?

Alors c'est promis, monsieur Jean, vous la gardez à l'œil ? Sans compter qu'à deux ça sera plus cool de l'aider.

Pas la peine de me répondre et surtout pas un mot à l'intéressée. Elle serait capable de tout balancer à sa mère un jour de repentance. Quoi qu'il en soit, je veille. Figurez-vous que nous nous voyons régulièrement. Le peu qu'elle a de cœur, la veuve me l'a donné et, tout en la détestant, je l'aime quand même. Vous pouvez m'expliquer ça ?

Et puis dites-moi « bravo », moi, l'addict des réseaux sociaux, l'accro du portable, qui ne prend la plume que pour les cartes de Noël et du Jour de l'an, j'ai presque fini ma page.

Aude

P-S 1 : Mon père ? Je vous en parlerai une autre fois.

P-S 2 : Mon grand-père ? Kaput.

P-S 3 : Ce pacte de jamais vous rencontrer ? Débile.

Ce 5 mai

Précieuse Marie,

Figurez-vous que, depuis quelques jours, m'est arrivée une nouvelle pensionnaire : une grive musicienne, jolie oiselle au corps beige tacheté de blanc. Son chant retentit dès l'aube, flûté et puissant : une vraie virtuose. Et savez-vous comment j'ai trouvé son nid ? Grace à des débris de coquilles d'escargots.

Les vers de terre se faisant rares, certains oiseaux les remplacent par la chair de gastéropodes. Admirez leur intelligence : une pierre leur sert d'enclume pour briser leurs coquilles à coups de bec, ainsi peuvent-ils, joyeux forgerons, se nourrir ainsi que leurs petits.

Après avoir fouillé alentour, j'ai trouvé le nid, fait d'herbe et de branchettes mêlées de salive. Il renfermait quatre beaux œufs bleutés piquetés de roux, attendant d'éclore. Je vous tiendrai au courant.

Merci pour le dessin de Léo. Il m'a, moi aussi, attristé. Cependant, je me garderai bien de l'analyser, un dessin n'ayant de valeur qu'accompagné des mots de son auteur ou, à défaut, de son comportement. Je me propose de chercher dans mon entourage quelqu'un qui saura le déchiffrer en sa présence. Reste à trouver l'endroit où vous vous rencontrerez tous les trois. À votre école, peut-être ? En espérant que la directrice ne s'y opposera pas. Où en êtes-vous avec elle ?

Quoi qu'il en soit, Marie, ne craignez rien : pour cet enfant, comme pour le reste, vous me trouverez toujours à vos côtés.

Ma grive musicienne vous adresse sa plus jolie trille.

Jean

P-S : L'oie aussi peut être surprenante, je ne dirai plus jamais : « bête comme une oie ».

Ce jeudi de l'Ascension, 23 heures

Oh, Jean, écoutez moi…

Vous savez, je crois, que j'habite à deux pas de l'école. Un jour, montrant la maison à Léo, je lui ai dit : « Tu vois, je vis tout près de toi. » Et voilà que cet après-midi, revenant d'une balade en forêt avec des amis à la recherche de la morille blonde, ce délicieux champignon à goût d'amande, qui je découvre, blotti contre ma porte, grelottant de froid, le petit, pieds nus, à peine vêtu.

Je le prends dans mes bras, le porte jusqu'à la cuisine, l'enveloppe dans une couverture, l'oblige à boire un peu de lait chaud. Lorsqu'il tremble moins, je tente de l'interroger : que s'est-il passé ? Pourquoi s'est-il sauvé ? À moins que sa maman l'ait mis à la porte ? Il se serre contre moi sans répondre.

Que faire ? Je sais que je n'ai pas le droit de le garder. Le rendre à sa mère ? Pas question une seule seconde. Je forme le 119 : numéro vert d'« Enfance en danger ». Après m'avoir posé quelques questions, une femme très gentille, très douce, me conseille d'appeler la gendarmerie : on saura m'y guider. Je m'exécute et, avant l'arrivée des militaires, j'enfile à Léo des chaussettes et un chandail sous lesquels il disparaît.

Ils sont trois à se présenter, dont l'un que, par chance, je connais : l'officier Mathieu Leroy, dont la fille fréquente la même école que Léo. Devant les cris de terreur de celui-ci lorsqu'il veut l'emmener – et Dieu sait s'il s'y prend avec précaution –, il accepte que je les accompagne.

Nous nous rendons à l'UMJ de Lyon : « Unité médico-judiciaire ». Un nom barbare qui désigne pourtant un lieu où les enfants sont accueillis avec tout le respect et la bienveillance qu'on leur doit. Une femme en blanc, pédopsychiatre, parvient à convaincre Léo de la suivre dans une salle colorée, pleine de jouets de toutes sortes, aux murs tapissés de dessins maladroits qui semblent fasciner le petit : des frères de souffrance ?

Mathieu et moi prenons place dans une salle attenante, équipée d'un miroir sans tain qui nous permettra de suivre l'entretien et, à l'aide d'une oreillette, d'intervenir au besoin. On se croirait en plein polar !

La pédiatre et l'enfant sont assis côte à côte à une table sur laquelle se trouvent des feuilles de papier et une profusion de crayons de couleur. Léo s'est jeté dessus. Il gribouille en reniflant tandis que la psy tente de l'interroger, sans grand résultat.

Elle se tourne vers nous et Mathieu lui décrit ce qu'il sait de ses parents, bien connus dans la région. Je parle, moi, de l'attitude de la mère vis-à-vis de son fils, comme s'il n'existait pas. Ainsi que de sa sœur aînée, elle traitée comme une princesse. Je lui dis mon sentiment que Léo est en danger. Mais voilà que la tête de celui-ci dodeline : rassuré, au chaud, il s'endort.

Plus tard, me raccompagnant chez moi, Mathieu a bien voulu me mettre au courant de la suite des événements.

À l'heure qu'il était, les parents de Léo avaient été convoqués à la gendarmerie et longuement interrogés sur les raisons de la fuite du petit. Je pouvais être rassurée : on ne le leur rendrait – ou pas – qu'après une enquête où mon témoignage serait recueilli.

Enfin, Mathieu s'est mis à ma disposition au cas où j'aurais des questions à lui poser.

Jean, je vous avais dit croire aux rencontres ; ce jour si difficile m'en réservait une belle et inattendue.

Il n'est pas loin de minuit, je suis assise à la cuisine, face au panier de morilles blondes qui répandent leur parfum sauvage. Durant cette équipée « sauvage », votre lettre dans ma poche m'a accompagnée, ainsi que le chant de la grive musicienne. Merci.

Marie

Ce 26 mai

Chère Marie-courage,

J'ai remercié ma grive de vous avoir accompagnée tout au long de cette rude soirée. Pauvre petit Léo ! Et bravo à votre gendarme.

Il arrive que le pire fracasse des situations bloquées et débouche sur le meilleur. Qui sait si ce ne sera pas le cas ? Si l'enfant ne sera pas retiré à une mère toxique, au cœur glacé ? De ce froid-là aussi, on peut mourir. Dès que vous en aurez des nouvelles, surtout, avertissez moi.

J'ai failli écrire : « appelez-moi ». Dans des cas comme celui-ci, ne pourrions-nous pas nous l'autoriser ? Serait-ce rompre le pacte ? Voici si longtemps que je n'ai entendu votre voix – ce soir de conférence –, trois mois déjà ! Trois mois seulement ? Il me semble vous connaître depuis bien plus longtemps.

Lorsque j'ai reçu votre lettre, ma Gertrude était là pour un grand ménage avec Louise, sa fille. Je n'ai pu m'empêcher de leur parler des malheurs de Léo. Me croirez-vous ? La grand-mère qu'elle est a eu les larmes aux yeux. Elle m'a proposé de le prendre s'il n'avait nulle part où aller et croyez qu'elle l'aurait fait. À défaut, elle m'a chargé de vous embrasser de sa part. Louise itou.

Ainsi, la morille blonde vous intéresse ? On la trouve également ici, en colonies légères au pied des arbres, comme un hommage adressé à eux. Enfant, lorsque mon père sonnait le branle-bas de la cueillette, j'imaginais de jolies demoiselles aux cheveux dorés et m'appliquais à n'en pas froisser la robe. Ma mère les servait dans des omelettes ou des œufs brouillés, affirmant qu'elles étaient plus goûteuses que la très coûteuse truffe noire. Je refusais d'en manger. Mange-t-on un rêve ?

Que de beaux souvenirs a-t-on lorsqu'on a grandi près d'une forêt !

Mes parents se sont annoncés pour le week-end de la Pentecôte. M'autorisez-vous à leur parler de nos lettres ? Lucas, mon fils, sera de la partie, nul doute qu'il s'en mêlera. À chaque fois que je le vois, il me parle de ma mystérieuse correspondante et demande à la rencontrer.

Et comment se porte votre César ? Voilà longtemps que vous ne m'en avez pas donné de nouvelles. Il doit être couvert de chatons en grappes dorées. Pourriez-vous m'en envoyer une photo afin que je le présente à mon pommier ?

Gertrude a fait une tarte de ses fruits. J'aurais aimé vous en offrir une part.

Jean-gourmand

Ce 28 mai

Très cher Jean-gourmand,

Vous appeler ? Le jour où je ne craindrai plus de rompre le charme, sortir de la ronde enchantée de lettres désuètes témoignant du passé.

Parler de moi à vos parents ? Entre Gertrude et sa fille, Lucas et Aude, ma mère, hélas, sans compter votre gentil facteur, notre correspondance est déjà connue de beaucoup. Ne pourrions-nous attendre un peu ?

Mais vite, la suite du roman-Léo !

Convoqués à la gendarmerie à l'heure où nous partions pour l'UNJ, M. et Mme de la Presle y étaient reçus par l'adjudant-chef. Il paraît que Sibylle avait bu et qu'elle a pris les choses de haut, de très haut, de si haut que les murs de la caserne ont tremblé.

Comment avait-on pu, sans son autorisation, emmener son fils à Lyon ? Pour quelle raison refusait-on de le lui rendre ? De quoi s'était-elle rendue coupable pour être traitée comme une malfaitrice ? N'avait-on plus le droit, dans ce pays, de se mettre en colère ?

Après des vacances où il l'avait épuisée, elle a reconnu avoir mis Léo à la porte, ne supportant plus ses constantes pleurnicheries. Mais cette porte était restée ouverte, et comment aurait-elle pu prévoir qu'il traverserait le jardin pour aller se plaindre chez les voisins ?

Elle parlait, ou plutôt vociférait, totalement hors d'elle. On avait dû l'obliger à s'asseoir.

Interrogé à son tour, Hubert de la Presle a reconnu que son épouse s'emportait régulièrement contre leur fils. Mais jamais – il en faisait le serment – elle n'avait levé la main sur lui. Par ailleurs, tous savaient à Poleymieux qu'elle œuvrait en faveur des démunis, des sans-toit, et il lui arrivait de rentrer exténuée, irritable.

Il s'est engagé à être davantage chez lui et à veiller à ce qu'un tel « incident » ne se reproduise plus.

Enfin, interrogés sur leur fille, les la Presle ont assuré que celle-ci s'entendait bien avec son frère – question que je m'étais moi-même posée – et qu'ils jouaient parfois ensemble.

Mathieu a bien voulu me confier le fin mot de l'histoire. Léo serait le fruit d'une aventure de Sibylle lors d'une soirée trop arrosée : un « moment d'égarement » qu'elle ne s'est jamais pardonné. La seule vue de l'enfant suffit à lui rappeler sa faute. Elle a fini par avouer qu'elle ne le supportait plus. Quant à son mari, haut fonctionnaire de l'administration publique à Lyon, son seul souci est d'éviter un scandale.

En attendant la décision du juge, Léo a été placé chez une assistante maternelle.

Jean, vous aviez raison : cette dure journée aura peut-être des conséquences heureuses : le retrait de Léo à une mère toxique, avouant elle-même être incapable de l'aimer. Mais je me suis beaucoup attachée à lui et tremble à l'idée de ne plus le revoir. Si je peux faire quoi que ce soit afin d'y être autorisée, merci de me le dire. On m'a parlé de « marrainage » ?

Et merci à la généreuse grand-mère Gertrude.

Ainsi que vous me l'avez demandé, je joins à cette lettre une photo de César, avec ses guirlandes de chatons dorés. J'espère qu'elle plaira à votre pommier.

Marie

De : Lucas lucasmas@gmail.com
Envoyé : 30 mai, 16 : 00
À : Aude audec@wanadoo.fr

Coucou Aude,

Je suis le fils de Jean, l'ami et le correspondant de ta mère. Je ne te dis pas par quels moyens inavouables je me suis procuré ton adresse mail. L'important, c'est d'y être arrivé, non ?
J'aimerais te rencontrer pour parler d'eux. Je sais que comme moi tu habites Lyon, la presqu'île. Qu'est-ce que tu dirais de déjeuner dimanche à La MoMa ? De toute façon, t'as pas le droit de refuser, le 30, c'est le jour de la Visitation. Je t'invite.

Lucas

De : Aude audec@wanadoo.fr
Envoyé : 30 mai, 16 : 10
À : Lucas lucasmas@gmail.com

Avé, le Visiteur,

Figure-toi que je voulais t'appeler, mais je savais pas comment. Faudra que tu m'expliques pour les moyens inavouables.
D'accord pour La MoMa et ses tapas d'enfer. On en profitera pour parler de nos momans. 13 heures devant la porte, ça te va ? Je porterai un tee-shirt « petit bateau ». Entre le Rhône et la Saône, ça craint.

Aude

De : Lucas lucasmas@gmail.com
Envoyé : 30 mai, 16 : 15
À : Aude audec@wanadoo.fr

Calé pour le petit bateau. Si possible sans mal de mère.

Lucas

Ce 3 juin

Très chère Marie,

Le gâteau, accompagnant cette lettre, a été fait pour vous par Gertrude. Un quatre-quarts à sa façon : un quart amour, un quart tendresse, un quart courage, un quart bonheur. Ce que mon dragon-midinette m'a chargé de vous transmettre.

Vous trouverez également dans cet envoi un modèle de lettre à adresser aux services du juge qui s'occupe de l'affaire Léo. Cela prendra un certain temps, vous serez soumise à de nombreuses questions, mais je ne doute pas qu'à la fin votre demande de parrainage ne soit satisfaite. Vous serez alors autorisée à voir Léo régulièrement, le chercher à son école, le recevoir pour des week-ends ou durant les vacances. Soyez donc rassurée et réjouissez-vous en dégustant une part de gâteau-Gertrude.

Et maintenant, Marie, une nouvelle époustouflante dont je ne suis pas encore revenu. Vous êtes prête ?

Nos enfants se sont rencontrés ! Lucas est venu me l'annoncer hier à grands coups de trompette. C'est lui qui a pris l'initiative. Ils ont déjeuné ensemble sur la presqu'île. Ne vous avais-je pas dit qu'il rêvait de vous connaître ? Avec Aude, il se fraie le chemin. J'ignore ce qu'ils se sont raconté, je sais qu'ils se sont tutoyés pour nous donner l'exemple.

Connais-tu le dicton : « Beau temps en juin, abondance de grain » ? Ce matin à mon réveil, un soleil éclatant m'a annoncé une bonne moisson.

Peu m'importe de quoi, à condition que ce soient nous les moissonneurs.

Jean

Ce 4 juin

Jean,

C'est la rencontre de nos enfants, l'espoir d'obtenir le parrainage de Léo, le quatre-quarts de Gertrude, ce tutoiement qu'il me semblait attendre. C'est cette impression que partout des portes s'ouvrent sur l'espoir, c'est ton tutoiement, qui me poussent à te livrer un pan de ma vie que, jusque-là, j'avais gardé farouchement pour moi.

Écoute.

J'ai 17 ans, j'habite à Neuville, non loin d'ici, et suis en première au lycée Notre-Dame de Belfort : bac de français à la fin de l'année. Je suis timide, réservée à l'extrême, et j'ai du mal à me livrer aux autres, tu en connais la raison.

Dans ma classe, les filles parlent beaucoup d'amour, ou plutôt de sexe. Certaines affirment avoir « sauté le pas » et s'en vantent. Presque toutes ont déjà embrassé un garçon. Je prends des airs affranchis qui ne trompent personne. À la vérité, je ne suis pas tentée, ma mère est passée par là. Et, de toute façon, quel garçon pourrait-il s'intéresser à une fille mal fagotée, livrant le moins possible de son corps ? Rien que le mot « corps » revêt pour moi des couleurs obscènes.

Et voilà qu'un garçon, lui en terminale, semble s'intéresser à moi. Il s'appelle Jean-Rémi, il a 18 ans et profite de toutes les occasions pour m'approcher, me parler, m'interroger sur moi, mes attentes, mes goûts, mes projets. Je commence par me méfier : est-il sincère ? Ne me tend-il pas un piège pour rire de moi ensuite avec les autres ? Mais non, Jean-Rémi n'est pas de ceux-là, j'en acquiers la certitude et me laisse apprivoiser. C'est si bon d'être enfin vue, regardée, appréciée !

Il assure que ce qui l'a attiré en moi, c'est justement cette retenue dont les autres se moquent : quel plus beau compliment ! Nous sautons sur toutes les occasions de nous voir, il me semble guérir d'un long sommeil, une longue pénitence. Jamais je ne me suis sentie aussi bien, ni n'ai éprouvé une telle douceur de vivre. Et le jour où il m'embrasse pour la première fois, je n'éprouve aucun remords, cela va de soi, cela va de nous.

Dans ma classe, une fille, Irène, éprise de Jean-Rémi, ne décolère pas. Comment peut-il me préférer à elle ? Elle ne cesse de m'agresser, me menacer. Que m'importe, j'aime et je suis aimée.

Jean-Rémi habite à deux pas du lycée, une maison nommée « La Passiflore » – ces fleurs d'un joli bleu-violet –, entourée d'un jardin. Ses parents travaillent à Lyon, il est fils unique, nous y sommes tranquilles et, le plus souvent possible, le plus discrètement, nous nous y retrouvons. Nous écoutons de la musique, je me gave de Coca, interdit chez moi, et nous nous embrassons encore et encore.

C'est là qu'un jour, un beau jour, je me donne à lui. Rien de sale, une lente et tendre marche l'un vers l'autre, une prodigieuse fusion. Ce n'est pas faire offense à Dieu, c'est honorer sa création.

J'ai bien entendu tout dit de ma mère à Jean-Rémi. Il me promet, à ma majorité, de m'aider à sortir de ses griffes pour vivre avec lui. Il m'affirme que ses parents seront d'accord. Et, en gage, il m'offre un anneau à l'intérieur duquel il a fait graver nos prénoms.

Certes, nous sommes bien jeunes pour échafauder de tels projets. Ce n'est plus l'époque de Roméo et Juliette, mais celle de l'éphémère, où le mot « fidélité » fait sourire. Mais nous y croyons.

Écoute, Jean, écoute l'horreur.

C'est le vendredi 10 juin, il est 17 h 30. J'ai rejoint Jean-Rémi à La Passiflore. Alors que je suis dans ses bras, la porte s'ouvre à toute volée et Irène apparaît, suivie d'autres filles de la classe. Les flashes crépitent, quand Jean-Rémi parvient enfin à les mettre dehors, le mal est fait.

Le soir même, des photos de nous deux, dénudés, étaient transmises à nos parents et au proviseur, eux-mêmes avertis par un appel anonyme de l'épouvantable Irène.

Le lendemain matin, première heure, ils étaient convoqués au lycée. Deux heures plus tard, ma mère m'embarquait direction le Jura, Dole. Je n'ai plus jamais revu Jean-Rémi, j'en pleure encore.

Marie

Ce 6 juin

Oh, ma chère, très chère Marie,

Ta lettre m'a bouleversé : ce si bel amour, si pur, saccagé. Cette porte ouverte sur le bonheur claquée à tout jamais.

Oui, vous étiez jeunes, mais depuis toujours la littérature, la chanson, l'opéra, ne sont-ils pas pleins d'amours de jeunesse impossibles à oublier ? Ces cœurs et ces corps, soudés à tout jamais par la magie d'une première fois. Et parfois, ces belles et déchirantes retrouvailles, tels de nouveaux printemps ?

Et me voilà célébrant les « toujours » et les « jamais » que je fuyais stupidement alors qu'ils vont si bien à l'amour et se mêlent à la musique pour nous parler d'éternité.

C'est que je suis en colère. Très.

Tu me dis n'avoir jamais revu Jean-Rémi. N'a-t-il pas, sitôt qu'il a vu les images de vous, couru chez toi pour te préparer au choc et t'assurer que, quoi qu'il arrive, il serait là et t'attendrait ?

Admettons que ta mère ait été présente et l'en ait empêché, ne pouvait-il attendre le moment où elle s'absenterait ? Montrer un peu de patience ? D'accord, tu n'avais pas de portable, mais n'avais-tu pas donné à Jean-Remi le numéro du fixe ?

J'ai du mal à y croire, Marie. Moi, sitôt ton enlèvement à Dole, j'aurais couru là-bas, exigé de te voir, fait au besoin le siège de la maison, ne serait-ce que pour te crier que je ne t'abandonnerais jamais.

Et ton père, toujours rien ? Désespérément rien ?

Pardonne-moi si je m'emporte, mais tu as dû te sentir si seule, je n'en supporte pas l'idée. Comme tu as dû souffrir, mépriser celui qui t'avait abandonnée, trahie, livrée à une mère dépourvue de cœur.

Éclaire-moi, je t'en supplie.

Jean

Ce 8 juin

Mépriser Jean-Rémi ? Mais de quel droit ? C'est moi que j'ai méprisée pour ne pas m'être enfuie de la sombre maison de Dole où ma mère m'avait enfermée. Sans portable pour l'appeler à l'aide, sans argent ni appui, je n'en ai pas trouvé le courage.

Tu me demandes de t'éclairer ? Je vais m'en acquitter sans mal, chaque minute de ces terribles journées étant restée gravée dans ma mémoire.

Le soir du drame, très vite après que Jean-Rémi m'eut ramenée chez moi, ma mère fit irruption dans ma chambre. Elle ferma porte et volets et m'ordonna de me déshabiller complètement. Elle ne m'avait jamais frappée, je crus qu'elle s'apprêtait à le faire, mais elle se contenta de fouiller mes vêtements et trouva l'anneau dans la poche de mon pantalon.

Je la vois encore, chaussant ses lunettes pour lire les prénoms gravés à l'intérieur, les salissant de son affreux sourire. Puis, tandis que, nue, je tremblais de froid et de désespoir, elle me mit sous le nez les images prises par Irène, dont j'ignorais qu'elles circulaient. Et j'aurais mille fois préféré qu'elle me batte. Pourquoi pas « à mort ».

Je me souviens que mon père frappa à la porte en parlant de dîner. Elle ne lui répondit pas. Nous ne dînâmes ni l'une ni l'autre ; de peur que je ne me sauve, elle ne quitta pas ma chambre de la nuit. Je te fais grâce de ce qu'elle me dit. Quand elle parla de « détournement de mineure », je tremblai pour Jean-Rémi.

Le lendemain matin, elle se rendit à la convocation du proviseur, me laissant sous la garde d'une femme de la paroisse, avec, pour consigne, de ne pas me laisser sortir de ma chambre ni même d'en ouvrir les volets. Je n'avais qu'un seul désir, utiliser le téléphone fixe pour appeler Jean-Rémi, au moins lui laisser un message, mais j'eus beau pleurer, supplier, rien n'y fit. Dans son regard, je pouvais lire qu'elle aussi avait vu les « images du péché ».

De retour deux heures plus tard, ma mère m'a embarquée dans sa voiture, direction le Jura, Dole. À charge pour mon père de régler les problèmes matériels avant de nous rejoindre là-bas.

Tu m'interroges sur lui. Quoi qu'il ait tenté de faire ou dire pour me défendre, jamais, avec maman, il n'aurait eu gain de cause. Quant à Jean-Rémi, s'il était venu à Dole, il ne m'aurait pas trouvée dans la maison près du lac, ma sainte mère ayant pris la précaution de loger la pécheresse chez des amis.

Mépriser Jean-Rémi ? Alors que, quelques mois plus tard, rompant la promesse que je lui avais faite, j'épousais Pascal Chevalier – je crois t'en avoir parlé.

C'était le fils du couple qui m'avait hébergée. Il avait dix ans de plus que moi et enseignait à l'université de Franche-Comté, à Besançon. Je ne pense pas qu'il avait connu beaucoup de femmes : sa mère parlait d'un chagrin d'amour. Le mien l'émut et il aima la jeune fille fragile et perdue que j'étais et décida de la prendre sous son aile. Après avoir tenu à ce que j'obtienne mon bac, il m'a guidée durant mes études pour être institutrice, le seul métier qui me tentait. Durant des années, il a eu une femme étudiante à qui, le soir, il faisait réciter ses leçons. Et lorsque j'ai obtenu mon diplôme et que, grâce à lui, j'ai enfin été indépendante financièrement, comprenant que je ne l'aimerais jamais ainsi qu'il l'avait espéré, il m'a rendu ma liberté en divorçant.

Je rêvais de revenir sur les lieux de mon adolescence, dans ce Mont-d'Or où j'avais rencontré

Jean-Rémi. Après de nombreuses démarches, un poste à Poleymieux m'a été proposé.

Et puis, en mars dernier, à la suite d'une conférence sur l'adolescence, j'ai trouvé dans ma boîte la lettre d'un inconnu. Il me parlait de sa maison à Saint-Romain, d'un pommier grincheux, d'une existence simple et paisible. Je lui ai répondu, d'autres lettres ont suivi qui, peu à peu, m'ont redonné une douceur de vivre oubliée, des instants de paix, parfois même de bonheur.

Jean, sois-en remercié.

Marie

Ce 10 juin

Cette fin d'après-midi de juin, il y a très exactement vingt ans après le départ d'Irène et de ses comparses, Jean-Rémi t'a raccompagnée chez toi en s'efforçant de te rassurer. Dans quelques mois, tu serais majeure et libre de le rejoindre. Quoi qu'il arrive d'ici là, tu pouvais compter sur lui.

Peu avant d'arriver à ta porte, il t'a embrassée sans savoir que c'était la dernière fois.

De retour à La Passiflore, il a découvert les photos prises par Irène, et la colère, mais surtout l'effroi, l'ont anéanti à l'idée que ta mère pourrait les recevoir elle aussi.

Dès ses parents rentrés, il leur a tout dit de votre amour et de la honteuse vengeance d'Irène. C'étaient des parents compréhensifs, qui, eux-mêmes, s'étaient mariés « au berceau ». Ils l'ont cru et approuvé lorsqu'il leur a dit que, pour réparer l'offense qui t'avait été faite, il était prêt à t'épouser dès ta majorité. Sa mère s'est proposée d'aller trouver la tienne afin de mettre les choses au clair. Fort de ce que tu lui en avais dit, Jean-Rémi l'en a dissuadée.

Un peu plus tard, le proviseur, ayant eu droit lui aussi aux photos, appelait Jean-Rémi et ses parents pour les convoquer le lendemain, première heure, au lycée.

Ce même soir, Jean-Rémi retournait chez toi dans l'espoir de pouvoir t'expliquer ce qui se passait et atténuer le choc. Porte et volets étaient fermés. Quand il a sonné, personne n'a répondu. Quand il t'a appelée sur le fixe, celui-ci était décroché. Il a passé la nuit à se torturer, décidé à tout faire pour te voir, au moins le temps de te crier qu'il t'aimait et t'attendrait.

Ta mère était présente dans le bureau du proviseur lorsque, le lendemain matin, Jean-Rémi et ses parents se sont rendus à la convocation. Il a reconnu les faits, assuré qu'il était prêt à réparer et dénoncé Irène. Le proviseur a pris note.

Le seul but de celui-ci : éviter un scandale. Il a signifié aux parents que leurs enfants n'étaient plus les bienvenus à Notre-Dame et qu'après le bac, si d'aventure ils n'étaient pas reçus, ils devraient leur chercher un autre établissement.

Durant tout l'entretien, ta mère n'a pas prononcé un seul mot.

En fin de matinée, Jean-Rémi est retourné chez toi, bien décidé cette fois à exiger de te voir. La maison était grande ouverte, ton père lui a appris que tu étais partie pour ne plus revenir. Inutile de lui demander où, Jean-Rémi le savait.

L'après-midi même, il empruntait la voiture de son père et prenait la route de Dole.

Il a trouvé sans mal la sombre maison près du lac que tu lui avais décrite. Ta mère lui a ouvert. Elle lui a déclaré que tu n'étais pas là. S'il en doutait, il n'avait qu'à vérifier. Elle lui a remis une enveloppe contenant l'anneau et quelques mots écrits sur une carte où tu lui disais ta décision de ne plus le revoir : « pour le bien de tous ».

Désespéré, se refusant à y croire, Jean-Rémi a erré toute la soirée dans la ville, interrogeant les passants, les commerçants de ton quartier, espérant découvrir où ta mère te cachait. Près du lac, dont on dit qu'à l'aube il se revêt d'un voile de mariée, il a pleuré : le voile était de deuil.

Le lundi suivant, il a attendu Irène à la sortie du lycée et l'a sommée de te présenter ses excuses. Comme elle osait ricaner, il l'a giflée et elle s'est inclinée sous les huées des autres lycéens.

Combien de lettres Jean-Rémi t'a-t-il envoyées dans l'espoir qu'au moins une te parviendrait ? Des lettres où il te répétait qu'il t'aimait et que, le jour de ta majorité, il viendrait te chercher. Tu n'as pas répondu et, quelques mois plus tard, un faire-part lui a appris que tu t'étais mariée.

À son tour, il s'est marié et il a eu un fils, Lucas. Comprenant que son cœur était pris, sa femme a demandé le divorce. Tout comme ton Pascal l'avait fait pour toi.

Et puis, en mars dernier, à la suite d'une conférence sur l'adolescence à laquelle Jean-Rémi s'était rendu en traînant les pieds, tu étais là ! Il t'a reconnue tout de suite. Pas toi, pour qui il n'était qu'un visage parmi cent autres.

Persuadé que tu l'avais oublié, craignant d'être rejeté, il a décidé de t'écrire sous un nom d'emprunt, celui de jeune fille de sa mère. Tu lui as répondu, d'autres lettres ont suivi. Non, tu ne l'avais pas oublié, tu l'aimais toujours.

Marie, l'anneau portant nos prénoms est posé devant moi. Pas un seul jour n'est passé depuis toutes ces années sans que je le regarde.

Es-tu prête à ce que je vienne le glisser à ton doigt ?

Jean-Rémi

Ce 14 juin

Oh, Jean-Rémi, mon amour,

Depuis la lettre où tu me parlais avec tant de feu d'« amour saccagé », de porte claquée sur l'espoir, oui, un soupçon s'était glissé en moi : « Et si celui qui, depuis des semaines, me sortait peu à peu de ma nuit, me promettait d'être toujours à mes côtés, de rompre ma solitude, c'était lui ? C'était toi ? »

Comment ne m'en suis-je pas doutée avant, alors que tant de signes auraient dû m'alerter ? Ton attachement à la terre et aux arbres, hérité de ton père, ingénieur agronome. Ta malice parfois. Et surtout cette curiosité des autres, cette bienveillance qui, autrefois, t'avaient poussé vers la fille isolée, méprisée par les autres. J'ai relu toutes tes lettres, moins celles volées par ma mère : c'était bien ta voix que j'y entendais.

J'ai haï cette mère qui m'avait séquestrée à Dole en me faisant croire que tu m'avais abandonnée, avant de me jeter, brisée, certaine de ne te revoir jamais, dans les bras d'un malheureux, lui aussi victime d'abandon.

Et aujourd'hui, je déteste ce père faible, veule, qui ne m'a pas défendue, tout en prétendant m'aimer.

Mon Jean, Jean-Rémi, voici que je m'apprête à te faire souffrir à nouveau et, cette fois, personne ne me dictera mes mots : la décision vient de moi, moi seule.

Alors que je n'aspire qu'à courir vers toi, accepter cet anneau, être tienne, je n'en ai pas le droit, ni même celui de te dire pourquoi. Si je le faisais, je blesserais un être cher. Si, malgré tout, j'acceptais de vivre avec toi, ce serait reconstruire sur du mensonge.

La nuit tombe peu à peu autour de la maison, mon chardonneret se tait. Ces soupirs autour de moi, ces longs frissons, c'est le jardin qui, lui aussi, pleure de désespoir.

Marie

Ce 16 juin

Marie,

Je n'aurais jamais dû t'écrire pour te dire qui j'étais, j'aurais dû courir vers toi, glisser l'anneau à ton doigt et te serrer si fort que tu n'aurais pu m'échapper.

Je n'aurais jamais dû croire ta mère lorsque, me remettant cet anneau, elle m'avait dit que tu ne voulais plus de moi, j'aurais dû rester à Dole jusqu'à ce que je t'aie retrouvée et t'emmener loin d'elle.

Je n'aurais jamais dû écouter ceux qui me parlaient de la « voix de la sagesse », alors que, trop souvent, c'est celle de la lâcheté.

Et plutôt que de t'écrire encore, je devrais être chez toi et t'obliger à me livrer ce secret qui nous tue.

Seule la crainte d'aller trop vite me retient.

Mais ne compte pas sur moi pour renoncer, te laisser à nouveau sortir de ma vie. Il n'en est pas et n'en sera plus jamais question.

Il paraît que les vieux Dolois assurent que, lorsque le jour se lève sur le lac, il se forme sur l'eau comme un voile de mariée. Je le lui arracherai et t'en couronnerai.

Jean-Rémi

De : Jean-Rémi Massenet jrmassenet@hotmail.fr
Envoyé : 16 juin 16 : 00
À : Aude audec@wanadoo.fr

Mamzelle Aude,

Alors comme ça, tu as rencontré mon fils ? C'est du beau de manigancer derrière mon dos ! Allez, tu es pardonnée puisque c'est par Lucas que j'ai eu ton adresse mail. Et, en prime, l'autorisation de te tutoyer.
Je viens de relire la lettre que tu m'avais envoyée il y a un mois et où tu me demandais de ne surtout pas lâcher ta mère, sinon, disais-tu, elle « s'éteindrait ». Tu me parlais aussi d'un secret qui lui « pourrissait » la vie. Eh bien, ce secret, je le connais, elle me l'a révélé il y a quelques jours. Et si je me permets de te le dévoiler à mon tour,

c'est qu'il y a urgence. Ce n'est pas moi, mais elle qui vient de décider de cesser cette correspondance, au nom d'un serment qu'elle se serait fait à elle-même. Portant sur quoi ? Elle a refusé de me le dire.

Aude, j'ai besoin de ton aide. Mais d'abord, s'il te plaît, écoute l'histoire que je vais te raconter, une histoire digne d'un roman-photo, sauf qu'elle se termine mal.

Marie a 17 ans et elle est en première au lycée de Neuville, un patelin pas loin d'ici. Elle est timide, réservée à l'extrême, « mal fagotée »... Pas étonnant avec sa mère : la « veuve noire », comme tu l'appelles. Mais tellement jolie, pleine d'une lumineuse pureté et un regard à tomber. Et il tombe, Jean-Rémi, lui 18 ans, en terminale dans le même lycée. Un amour fou, partagé par Marie qui, sans hésiter, se donne à lui.

Bien sûr, elle lui a tout dit sur sa mère – ta grand-mère – et ils font très attention à ce qu'elle ne se doute de rien. Absorbée par ses bonnes œuvres, à mille lieues de se douter de ce qui arrive à sa fille, ça marche ! Jamais Marie n'a éprouvé un tel bonheur, une telle libération. Elle est résolue, dès sa majorité – dans quelques mois –, à se sauver de chez elle pour vivre avec Jean-Rémi. La passion l'a transformée, elle est prête à tout pour celui qu'elle aime. Et Jean-Rémi y croit aussi. Oui, bientôt, ils seront enfin réunis.

La suite, elle me l'a racontée elle-même : la sale vengeance d'Irène, les photos, la convocation des parents des « coupables » par le proviseur. On peut imaginer la réaction de ta grand-mère devant ces images...

Dès le lendemain, elle enlève Marie et la cache chez des amis à Dole. Tous les messages, les appels, les lettres que Jean-Rémi lui enverra seront interceptés par elle et elle n'aura de cesse de convaincre sa fille que les parents de celui-ci, très atteints par le scandale, l'ont convaincu de mettre fin à leur liaison.

Au début, Marie refuse d'y croire : c'est impossible, Jean-Rémi ne peut l'avoir abandonnée. Ne lui avait-il pas promis que, s'il le fallait, il irait la chercher jusqu'au bout du monde ? Mais peu à peu, sans le moindre signe de lui, elle commence à douter. Ce qu'elle ignore, c'est qu'il est venu à Dole, mais que, trop bien cachée par sa mère, il a échoué à la retrouver.

Et, quelques mois plus tard, brisée, anéantie, Marie accepte la demande en mariage du fils des amis qui l'hébergent : Pascal Chevalier, un homme généreux et responsable, ton père. Grâce auquel elle reprend ses études et obtient le brevet d'institutrice. N'étant pas parvenu à se faire aimer de ta mère, son mari lui rend sa liberté en demandant le divorce. Elle reprend son nom de jeune fille et, dès qu'elle le peut, revient sur les lieux de son adolescence, à Poleymieux-au-Mont-d'Or.

Bien sûr, Aude, tu as compris que Jean-Rémi n'était autre que moi. Moi qui n'avais jamais oublié ta mère et, après l'échec d'un bref mariage, m'étais résigné au célibat.
Et voici qu'en mars dernier, soudain, elle est là, à peine changée, toujours aussi belle, participant à une conférence. La salle est pleine, elle ne m'a pas reconnu. Persuadé qu'elle m'a oublié, ne sachant rien de sa vie, je lui écris, elle me répond, une correspondance s'installe au cours de laquelle je découvre qu'elle m'aime toujours. Je lui avoue qui je suis.
C'était avant-hier. Et c'est alors qu'elle m'a parlé du serment qu'elle s'était fait de ne plus jamais me revoir. Depuis, je ne vis plus.
Aude, m'en veux-tu de t'avoir tout dit ? J'ai beaucoup hésité, tu sais. J'avais si peur de te blesser. Mais la lumière dont tu me parles dans ta lettre, celle qui éclaire encore un peu la vie de ta mère, est sur le point de s'éteindre tout à fait. Dans sa dernière lettre, j'ai entendu ses sanglots, c'est pourquoi me voilà.
Tu m'as confié avoir gardé pour ta grand-mère une certaine affection. Tu t'en étonnais toi-même : « Le peu qu'elle a de cœur, elle me l'a donné. » Ce serment qui paralyse sa fille, je suis certain qu'elle en connaît la teneur ; qui sait si elle ne serait pas en mesure de l'en libérer ? Accepterais-tu d'aller la trouver à Dole et tenter d'en savoir davantage ?

Si tu refuses, je comprendrai et, rassure-toi, quoi qu'il en soit, pas question pour moi d'abandonner. Jamais !
Lucas, mon fils, ne tarit pas d'éloges sur toi. Il rêve de nous présenter l'un à l'autre. C'est quand tu voudras.

Jean-souffrant

AIDE SOCIALE À L'ENFANCE

Dossier Léo de la Presle

Ce 20 juin

Madame,

À la suite de notre entretien du 10 juin dernier concernant votre demande de parrainage du jeune Léo de la Presle, demande appuyée par le docteur Jean-Rémi Massenet, nous avons le plaisir de vous faire savoir que celle-ci a été retenue.
Le traitement du dossier réclamant un certain temps, madame le juge des enfants a décidé de vous accorder, à titre exceptionnel, le statut de « tiers digne de confiance ». Il vous permettra de prendre l'enfant en charge pour une journée, un week-end ou davantage, avec l'assentiment du directeur du foyer où il se trouve actuellement : M. Étienne Moreau. Vous

trouverez ci-joint les documents à lui présenter lors de votre première visite.
Pour répondre à votre question sur une possibilité d'adoption, il faudra attendre l'officialisation par le juge du « délaissement » de l'enfant. Et je ne vous cacherai pas que cela risque de prendre un certain temps.
Croyez, madame, à mes sentiments dévoués.

Colette Nicolas.

Ce 21 juin

Mon Jean-Rémi,

Comment pourrais-je ne pas te faire part de la bonne nouvelle que j'ai reçue hier de l'Aide sociale à l'enfance, au sujet de notre Léo ? Je te joins un double de cette lettre.

« Tiers digne de confiance »... Est-il plus belle distinction ? À moi de m'en montrer digne.

Je vais te faire sourire : sitôt la lettre reçue – par chance un mercredi –, j'ai pris le volant pour Lyon, le foyer dont madame Nicolas m'avait donné l'adresse. Le directeur, Étienne Moreau, a eu la gentillesse de me recevoir sans rendez-vous. Imagine le « bon géant » des contes d'autrefois : douceur et fermeté. Je lui ai remis les papiers de l'ASE, nous avons parlé un moment du petit, puis il m'a proposé de visiter les lieux.

Et là, quelle déception ! Je m'attendais à découvrir un endroit chaleureux où les pensionnaires se sentiraient bien, à l'abri. Des murs clairs, pourquoi pas ornés de dessins. J'ai trouvé une sorte de caserne aux murs sombres dont nombre de fenêtres étaient grillagées.

– Certains des enfants que nous hébergeons sont à problèmes, m'a expliqué le directeur. Nous devons veiller à ce qu'ils ne s'échappent pas et nous montrer intraitables sur la discipline.

Pensant à Léo, j'ai eu le cœur serré : et s'il se trouvait à nouveau en butte à l'agressivité des autres, sans moi pour le défendre…

Le « bon géant » m'a rassurée : les surveillants, parmi lesquels se trouvent de nombreuses femmes, sont très à l'écoute des enfants et font le maximum afin que chacun se sente bien, trouve sa place dans le foyer. Il a simplement déploré un manque de crédits, qui lui aurait permis de donner à l'endroit un aspect moins rébarbatif. Seul le réfectoire m'a semblé convivial, il a ri : c'était lui, aidé de quelques volontaires, qui s'en était occupé.

Ma visite achevée, il m'a autorisée à voir Léo et, si je le souhaitais, l'emmener pour une courte promenade, ce que j'ai accepté avec reconnaissance. Oh, Jean, j'aurais tant voulu que tu sois là quand le petit m'a découverte dans le bureau du directeur. Il s'est figé et, sur son visage, il y avait un tel bonheur, un tel espoir mêlé de peur et d'incrédulité, que cela lui faisait comme un masque de souffrance. Je lui ai ouvert mes bras. Il s'y est précipité.

– En voilà un dont l'amour à votre égard ne fait guère de doute, a remarqué le directeur impressionné.

Nous avions une heure devant nous, j'ai commencé par emmener Léo dans la pâtisserie voisine, où nous avons choisi des cornets de glace que nous sommes allés déguster dans le parc voisin, assis sur un banc, le petit réfugié contre moi. Te dire qu'il a beaucoup parlé serait exagéré, mais j'ai compris très vite qu'il espérait que, dès ce soir, je le ramènerais chez moi. Et tout le reste de la promenade a été consacré à le rassurer. Non, je ne l'abandonnerais pas ! Oui, je viendrais très souvent le chercher ! Je lui ai même promis que, la prochaine fois, il passerait la nuit à la maison.

C'est souvent un détail qui nous convainc de la sincérité de notre interlocuteur. Quand j'ai assuré à Léo qu'il dormirait dans ma chambre, son lit près du mien, et que, sur sa table de nuit, se trouverait une lampe qu'il aurait le droit d'allumer quand il le voudrait, il m'a enfin crue. Il a même souri.

N'empêche qu'un peu plus tard, le raccompagnant au foyer, j'avais bien du mal à ne pas pleurer comme lui.

Jean-Rémi, mon cher, très cher Jean-Rémi, c'est grâce à toi, tes conseils, ton appui, que je vais pouvoir offrir à cet enfant que j'aime comme s'il était le mien un peu de l'amour dont il a été privé et, je l'espère, un avenir meilleur. Je voudrais tant pouvoir partager ce bonheur avec toi. Je voudrais tant n'avoir jamais eu à faire ce serment qui m'en empêche. Je m'en veux tellement de ne pas avoir trouvé la force de me sauver alors qu'il en était encore temps.

Cette lettre est ma dernière.

Je t'aime.

Marie

Dole, ce 20 juin

As-tu perdu la tête, Marie ? Aurais-tu oublié les dégâts causés par ton inconscience, ta légèreté ? T'apprêterais-tu à recommencer ? Et ne m'avais-tu pas promis de mettre fin à cette correspondance avec l'hypocrite qui s'est caché sous des lettres niaises pour te reprendre dans ses filets ?

Imagine mon incrédulité, mon effroi, lorsque, hier après-midi, Aude a débarqué ici et, sans même me dire bonjour, son casque de moto encore sous son bras, m'a sommée de tout lui dire sur le serment que tu t'étais fait, dans les circonstances ô combien douloureuses que tu sais, de ne plus jamais revoir le responsable du monstrueux gâchis de ta vie ?

Ce serment, est-ce toi qui as commis la folie d'en parler à Aude ? Je ne peux y croire, ce serait suicidaire. Mais alors, par qui a-t-elle été mise au courant ? Quand même pas par LUI ? Je n'en dors plus.

Face à mon refus de lui répondre, ignorant que c'était pour la protéger, ta fille a déversé sur moi un torrent d'injures : mère indigne, grand-mère dénaturée, j'en passe. Dans ce torrent, il m'a semblé entendre le mot « veuve », « veuve noire ». Faisait-elle allusion à l'araignée au venin mortel qui pique le mâle à l'issue de la fécondation, mâle désormais inutile, voire dangereux pour sa progéniture ?

À ce propos, ton père a dû flairer quelque chose. Depuis, réfugié dans son terrier, il n'ouvre plus la bouche. Je me demande ce qu'il nous mijote encore. Quel genre de pétard mouillé. Passons.

Tu connais, Marie, mon attachement à ma petite-fille, cette enfant que j'ai élevée, en qui j'ai reconnu ma force de caractère et sur laquelle je fondais tant d'espoirs, hélas le plus souvent déçus devant son obstination à me contrecarrer et enfreindre les lois du Seigneur, comme cette liaison avec un garçon sans l'intention de l'épouser. Malgré tout, je ne peux m'empêcher de l'aimer et, lorsqu'elle m'a menacée de ne plus revenir chez moi, rompre les ponts, mon cœur a saigné, il saigne encore.

Alors, s'il te plaît, n'aggrave pas ta situation, appelle-moi dès que tu auras lu cette lettre, et surtout TAIS-TOI.

Héloïse, ta mère si tu t'en souviens.

De : Aude audec@wanadoo.fr
Envoyé : 20 juin 12 : 39
À : Jean-Rémi Massenet jrmassenet@hotmail.fr

Coucou Jean-Rémi,

D'abord, tu permets que je te tutoie ? Parce que le « vous », j'ai pas trop l'habitude, même avec les étrangers, alors avec toi rien à faire, ça veut pas passer.
Pour le serment ? Rien, nada, que dalle ! Un serment ? Quel serment ? Lèvres soudées, regard noir, silence de mort. Sais-tu comment on appelle la pierre du pays ? « Pierre à trous ». Un vilain roc jaunâtre, une sorte de fossile cabossé. Voilà à quoi ressemblait le visage de ma chère grand-mère quand je lui ai posé la question à un million d'euros. Tu aurais adoré, monsieur le psy. Et tu le croiras jamais, mais alors que je la menaçais de ne plus venir la voir, deux fins ruisseaux

ont coulé sur la pierre, aussitôt épongés d'une main ferme : des larmes ? Tu veux rire, ma petite-fille, tout simplement ce bon vieux rhume des foins. À d'autres ! Rhume du cœur, bien sûr, le genre dont on guérit pas, c'est de naissance. Le souci, c'est pas toi qu'il tue, c'est les autres.

Ah, j'allais oublier l'homme invisible : mon grand-père. La veuve s'était débrouillée pour le virer du salon, mais je le sentais, l'oreille collée à la porte, et, pour qu'il en perde pas une, je gueulais comme un putois.

Après avoir claqué cette porte au nez de ma grand-mère, j'ai coincé son cher et tendre dans l'entrée et je l'ai averti que s'il se bougeait pas pour défendre sa fille, il me perdrait moi aussi. Affaire à suivre.

Et toi, Jean-Jean-Rémi, du neuf ? Tiens bon, on y arrivera.

Aude

— Allô Loulou ? C'est moi, ta mère. Pardon de te déranger, mais, ici, c'est le désastre, la fin des haricots.

— …

— Les haricots-beurre ? Arrête, Louise, j'suis pas d'humeur. Et bien sûr qu'il s'agit de monsieur Jean ! Le pauvre, il est si mal qu'il a décommandé tous ses rendez-vous de la semaine prochaine.

— …

— Mais évidemment que c'est la Marie ! Qui veux-tu que ça soit, Meghan Markle, la princesse d'Angleterre ? On dirait que l'idylle est terminée : finies les enveloppes bleues dans la boîte à lettres. D'après Richard, ça fait huit jours.

— …

— Ben oui, le facteur ! Si je te disais que lui aussi tire une tête d'enterrement, à croire qu'elle les a ensorcelés tous les deux.

— …

— Une omelette aux morilles blondes ? Pas bête. Il nous en reste quelques bocaux et rien de tel que les conserves maison pour vous remettre d'aplomb en vous titillant la mémoire.

— …

— Bien sûr, je pleure. Mais un toubib capable de vous réconcilier avec votre prénom, "Gertrude", le nom d'une oie même pas blanche, on s'attache forcément. Aïe, le voilà qui rentre, tchao, à plus.

De : Olivier d'Ambert olivier-d-ambert@yahoo.fr
Envoyé : 23 juin 14 : 16
À : Aude audec@wanadoo.fr

Ma petite-fille, ma chérie,

Depuis ta venue ici, dimanche dernier, tes mots me hantent, ta menace de me retirer ton affection, ne plus me voir. Comment imaginer ma vie sans toi, ton sourire, ta tendresse ? Je ne pourrais le supporter.
Quant à ta grand-mère, ma pauvre Héloïse, je l'ai plusieurs fois surprise à pleurer. Tu es la seule à être parvenue à déverrouiller un peu son cœur, abîmé par une mère qui la niait – elle préférerait mourir plutôt que de le reconnaître.
Oui, grâce à toi, cet air nouveau que tu apportais dans notre vie, nous aurons eu des jours heureux. Et voilà que ce matin, par ce que je

m'apprête à te révéler, je crains de te blesser, peut-être irrémédiablement.
Si j'ai décidé de le faire, au risque de subir les foudres de Diane, c'est pour l'empêcher de séparer à nouveau ta mère de celui qu'elle aime : Jean-Rémi Massenet. Rompre enfin avec l'homme faible, lâche, qui l'a laissée faire il y a de cela plus de vingt ans. Et crois-moi, il n'est de jour où je ne me le suis reproché.
Mais me vient à l'idée que tu pourrais te trouver devant ton portable, lire ces lignes en direct, être « au bout du fil », comme on disait autrefois, ce fil qui nous réunit par-delà les océans, souvent pour le meilleur, parfois pour le pire. J'aurais pu t'écrire, j'y ai pensé. J'ai préféré « m'armer de courage », cela sonne si bien quand on a rampé durant tant d'années.
Lorsque, après avoir découvert la « trahison » de Marie, ta grand-mère l'a enlevée et séquestrée chez des amis à Dole, je n'ai rien dit. Quand Marie m'a supplié de l'aider à s'évader pour rejoindre Jean-Rémi, je n'ai rien fait. Et, comme Héloïse me l'ordonnait, je l'ai laissée croire qu'il l'avait abandonnée. Alors que je savais qu'il la cherchait partout. Et j'ai également menti à Pascal Chevalier en ne le détrompant pas sur la prétendue fuite de celui qui l'avait séduite en apprenant son état.
Oui, son « état ».
Aude, ma chérie, mon cœur, tu n'es pas la fille de Pascal Chevalier, mais celle de Jean-Rémi. Et

le serment fait par Marie de ne plus jamais le revoir a été fait pour t'épargner.
Peu de temps après son arrivée à Dole, Marie s'est aperçue qu'elle était enceinte. Elle me l'a confié, riant et pleurant à la fois, dans l'espoir que je l'aiderais à se tirer des griffes de sa mère. Elle affirmait que ce bébé, cadeau du ciel, lui donnerait la force de lui résister.
À ma demande de lui prêter mon portable afin d'annoncer la nouvelle à son Jean-Rémi, je lui ai conseillé d'attendre un peu. Celui-ci ne risquait-il pas d'accourir, dévoilant ainsi la situation à sa mère ? N'était-il pas préférable de réfléchir avant ?
Marie m'a écouté. Pour ne pas perdre de temps, elle a échafaudé un plan d'évasion auquel je me suis associé tout en sachant qu'il ne verrait jamais le jour.
Tu penses bien que ta grand-mère, sans cesse aux aguets, flairait quelque chose. Elle a interrogé Marie et, devant son refus de lui répondre, m'a sommé de tout lui dire. Honte à moi, une fois de plus j'ai cédé.
Je n'oublierai jamais son visage lorsque je lui ai appris que notre fille était enceinte. J'ai cru qu'elle allait me frapper, je l'ai espéré, je me haïssais tant ! Mon vœu n'a pas été exaucé.
Diane affirme que, dans les situations extrêmes, Dieu nous accorde une grâce qui nous permet de tenir bon devant le mal. Sans colère, le plus calmement du monde, elle a signifié à Marie

qu'elle avait commis un péché mortel et qu'elle l'aiderait à le réparer. Je me souviendrai toujours du regard de désespoir de Marie vers moi. J'ai détourné les yeux.
La religion d'Héloïse interdisant l'avortement, la question ne s'est pas posée. Je suis certain que Marie en a été soulagée. Ainsi garderait-elle vivant le souvenir de celui qu'elle avait tant aimé et aimait encore en dépit des mensonges qu'on lui avait faits.
Sa porte m'a été interdite – ce qui m'arrangeait bien. Et heure après heure, jour après jour, ta grand-mère s'est employée à la persuader qu'elle ne reverrait jamais le coupable de son déshonneur. Jusqu'à ce que, anéantie, à bout de forces, ta mère accepte d'épouser le fils des amis qui l'hébergeaient, Pascal Chevalier, un homme bon et généreux que sa détresse avait ému. Si cela peut te mettre un peu de baume au cœur, sache, ma chérie, que tu es née entourée d'amour.
Voilà. Cette fois tu sais tout. Et, curieusement, dans mon immense chagrin, se glisse comme un soulagement : j'ai osé.
Je vais à présent apprendre à ta grand-mère que je t'ai tout dit. Peu m'importe ce qui m'arrivera, je viens enfin de répondre aux supplications de Marie.

Ton grand-père

De : Aude audec@wanadoo.fr
Envoyé : 23 juin 15 : 56
À : Olivier d'Ambert olivier-d-ambert@yahoo.fr

Bien sûr que je suis là, mon Daddy ! Et évidemment que je t'ai lu, écouté, détesté, vu trembler, entendu pleurer. Mais je ne t'ai pas méprisé. Comment mépriser celui qui a décidé de sauver sa fille : ma mère.

Cela dit, apprendre qu'on a DEUX papas, même si on a le cœur bien accroché, ça faseye grave ! En plus, deux « vrais », dont un labellisé parce que tu vois, sans le Chevalier sans peur et sans reproche, je me demande comment maman et moi on s'en serait sorties. Alors, compte pas sur moi pour ne plus l'appeler « papa ».

Je me charge d'annoncer la big news aux intéressés, toi, t'auras assez à faire avec ma douce grand-mère. Sûr qu'elle va te boulotter tout cru. Demande-lui de me laisser un petit morceau, de préférence côté cœur, je suis preneuse.

Aude

P-S : On dit « jamais deux sans trois ». Est-ce que tu connais la chanson « Où il est, le bonheur ? », Et si le troisième, c'était lui ?

— Coucou, Jean, t'es là ?

— Bien sûr, Aude. Toujours là pour toi.

— Alors écoute : côté serment, mission accomplie, sauf que c'est pas grand-mère, c'est grand-père qui s'est mis à table.

— L'homme invisible ?

— Lui-même. Et maintenant, zen ! On se détend, on relâche ses zygomatiques, on respire à fond…

— Attends. C'est si difficile à sortir que ça ?

— J'en suis encore par terre.

— Eh bien, compte sur moi pour te relever, n'oublie pas que c'est mon boulot.

— OK, j'y vais. Primo, le serment, il a vingt-trois ans : mon âge.

— Donc forcément une bonne nouvelle.

— Ça dépend du point de vue…

— Aude, là, tu commences à m'inquiéter. Tergiverser, pas vraiment ton genre. Allez, accouche.

— Accoucher ? On peut dire que tu tombes dans le mille. T'es prêt ? Coucou, papa, c'est moi, ta fille.

— …

— Eh, oh, t'es toujours là ?

— Si tu plaisantes, c'est pas drôle du tout.

— À toi de juger, c'est parti ! Arrivée à Dole, ta Marie découvre qu'elle est enceinte. Devine de qui. Affolée ? Aux cent coups ? Pas du tout : ravie-enchantée, ne pensant plus qu'à s'évader pour annoncer la bonne nouvelle à son Roméo. Elle se confie à grand-père, le conjure de l'aider. Hélas, tu le connais : incapable de résister à « la veuve » qui lui fait cracher le morceau avant de supplicier Marie jusqu'à ce qu'elle accepte d'épouser le Chevalier. Et à ce propos, compte pas sur moi pour le lâcher, ni pour ne plus l'appeler « papa », parce que, papa, il l'a été, et magnifiquement. Voilà, c'est tout, à toi.

— Mais qu'est-ce que tu veux que je te dise, mon Aude, ma chérie, MA FILLE… sinon que je vole, oui, comme dans la chanson ! C'est trop beau, trop top, trop tout. Et tiens, à propos de « voler », connais-tu l'histoire du colibri ?

— Je t'écoute.

— La forêt est en feu, tous les animaux fuient, sauf le minuscule colibri, qui puise un peu d'eau du lac dans son bec et la verse sur les flammes. « Mais qu'est-ce que tu fabriques ?

Viens vite ! » lui ordonne le sanglier en passant, tout essoufflé. « Je fais ma part », répond modestement le colibri. Cette part, ton fragile grand-père, ignoré de tous, méprisé par certaine, vient de te l'offrir en t'appelant et le feu est éteint.

— Arrête de me faire pleurer, tu veux ? Prépare-toi plutôt à aller faire l'annonce du siècle à Marie, je passe te chercher.

— Allô Loulou ? Ici ta mère. Si t'es occupée, tu le dis. C'est que j'en ai pour un moment.

— …

— OK ! Et si t'as des questions, tu les poses après, d'accord ? Maintenant, ouvre bien tes oreilles, c'est du lourd. Hier après-midi, je préparais ma soupe à l'oseille pour le dîner de monsieur Jean – crème et croûtons à rajouter au dernier moment – quand voilà que débarque, directement dans ma cuisine, venant du jardin, une jeunesse en tenue de moto, cheveux coiffés à la Jeanne d'Arc et des yeux, des yeux qui, je sais pas pourquoi, me mettent le cœur à l'envers.

« Bonjour, Gertrude, qu'elle me lance, maman m'a parlé de vous. »

Et pas le temps de digérer la chose que monsieur débarque à son tour. La petite lui saute au cou et ça se serre, ça s'embrasse, ça danse autour de la table que j'ai cru que ma soupe allait finir sur le carrelage.

Quand ils en ont eu terminé, monsieur se rappelle de moi : « Gertrude, je te présente Aude, ma fille. » Et c'est là que je comprends pour les yeux, la même couleur bleu-vert avec comme un pois jaune au fond, des que t'en as jamais vu de pareils.

« On y va, je t'emmène sur ma moto, qu'elle ordonne à monsieur. Tu m'as l'air d'oublier que Gertrude fait partie de la famille », qu'il lui répond. Et à moi : « On peut t'emprunter ta voiture ? La mienne est au garage. »

Et c'est comme ça que je me suis retrouvée au volant de Pétronille, les deux sur la banquette arrière, recommençant à se bécoter comme des collégiens, en route pour Poleymieux, 7 kilomètres, alors qu'il m'en aurait fallu dix fois plus pour me remettre les idées à l'endroit.

C'était une belle maison, dans un terrain bien entretenu, avec au milieu un vieux chêne plein de grappes de chatons plus très frais.

« Il s'appelle César et il flirte éhontément avec notre pommier », me raconte monsieur. Et des jolis mots comme ça : « éhontément », y'a que lui pour les trouver.

Et puis la porte de la maison s'est ouverte, une femme en est sortie et, même si je l'avais jamais vue en chair et en os, j'ai su que c'était Marie : une dame toute simple, pas trafiquée comme certaines, dans une robe à fleurs qui ressemblait à son jardin. En voyant monsieur, elle s'est arrêtée, la main sur sa bouche et les yeux en soucoupes. Lui, marchait tout doucement vers elle, à croire qu'il avait peur qu'elle s'envole. Arrivé devant, il a ouvert ses bras et elle y est tombée.

C'est tout, pas un mot, rien. Le genre d'image que tu sais que tu l'oublieras jamais, que tu te la repasseras quand ça ira pas et que ça te rendra confiance. Si je te disais que j'y suis allée de ma larme, la petite aussi, même si elle faisait semblant de rigoler.

Alors ? T'en penses ?

— …

— Pardon, Louise, tu peux répéter s'il te plaît ? J'ai pas bien entendu.

— …

— Une robe de demoiselle d'honneur ? Toi alors…

Ce 28 juin

Aude, ma chère petite-fille,

Aucune nouvelle de toi, pas un signe. Et, quand j'essaie de te joindre, cette voix glacée me disant que tu n'es pas là comme à une étrangère que l'on ne souhaite pas entendre. Comprends mon émoi. Et si une douloureuse sciatique ne me tenait pas au lit, crois bien que, au risque d'y laisser ma santé, je ferais le voyage jusqu'à toi.

Imagine mon état quand ton grand-père m'a appris qu'il t'avait révélé que Pascal, notre cher Pascal, dont durant des années tu as porté le nom avec fierté, n'était pas ton géniteur. Comment a-t-il osé rompre le pacte que nous avions conclu, ta mère et moi, pour te protéger ? Je n'en suis pas encore revenue. Et depuis je ne dors plus à l'idée que tu pourrais m'en vouloir de t'avoir tenue dans l'ignorance de tes origines, persuadée que c'était pour ton bien.

Accepteras-tu au moins de m'écouter ?

À 17 ans, même pas majeure, Marie s'amourache d'un garçon de son lycée à peine plus âgé qu'elle. Ils commettent l'irréparable et elle se retrouve enceinte. Oui, enceinte, ma fille si pure, si docile et qui n'avait jamais semblé souffrir, comme ton pauvre grand-père, de mon caractère plus affirmé que le sien, prenant même plaisir à être guidée ! A-t-il fallu que l'hypocrite abuse de sa naïveté ?

Désormais, mon seul but était de remettre ta mère dans le droit chemin et de protéger le petit qu'elle attendait et que, sans le savoir, j'aimais déjà : toi, ma chérie. À Dole où je l'avais emmenée pour la mettre à l'abri de l'autre, le ciel a voulu que Marie rencontre un homme bon et responsable : Pascal Chevalier, qui a su lui donner tout l'amour et les soins dont elle et son bébé avaient besoin.

Voilà, tu sais tout à présent. Je ne t'ai rien caché et ma main tremble sur le stylo que Marie m'a offert à Noël dernier, connaissant ma prédilection pour l'écriture. Marie qui, elle non plus, ne me donne plus signe de vie.

Avant que le Seigneur ne me rappelle à Lui, accepterais-tu de venir ici avec elle et de m'accorder votre pardon ? Je t'en prie.

Ta grand-mère éprouvée.

P-S : Bien sûr, venez sans « l'autre », cause de tous mes tourments.

Ce 3 juillet

C'est OK, grand-mère, je viendrai à Dole le jour où tu cesseras d'appeler « l'autre » le père que j'aime tendrement. Et maman est prête à m'accompagner à la condition que grand-père soit présent, lui qui a eu le courage de braver ton caractère « mieux affirmé » que le sien, pour me révéler la vérité sur mon géniteur.

Sais-tu que j'ai un demi-frère : Lucas, nom qui signifie « lumière ». Son patron ? Saint Lucas, moine missionnaire au XVIIe siècle, martyrisé à Nagasaki en 1637. Les Lucas sont aimables, sociables et généreux.

À bonne entendeuse.

Aude

De : Aude audec@wanadoo.fr
Envoyé : 3 juillet 11 : 38
À : Pascal Chevalier chevalierpascal@hotmail.com

Ça y est, papa, je sais tout. Grand-père a craché le morceau, un gros. Il paraît que t'es pas le vrai, le « biologique », le « génétique », au choix. Qu'après avoir ramassé Marie dans le caniveau de la honte, tu as décidé de l'épouser, croyant que l'auteur de ses jours s'était barré en apprenant que j'arrivais.
Faux. Archi-faux ! Une invention de ma grand-mère qui le détestait. En fait, Jean-Rémi était bien là et la cherchait partout.
Aujourd'hui, je suis venue te dire que bio ou pas, vrai ou non, t'as été un père magnifique. Celui qui venait chaque soir s'asseoir au bord de mon lit et me racontait des histoires qui me faisaient voler. Celui qui, lorsqu'à 7 ans je me suis pris un

gadin maousse à vélo, m'a relevée, portée dans ses bras chez le docteur et m'a chanté, pendant qu'il recousait ma joue : « Ne t'en fais pas, mon Audinette, demain t'auras une trottinette. » Ça peut paraître tarte, mais je ne sentais plus rien. Et tous les matins, voyant dans la glace la petite cicatrice sur ma joue, j'y fais glisser mon doigt en pensant à toi.
Oui, un père magnifique et, pour maman, un mari géant qui l'a convaincue de passer son bac, de poursuivre ses études, de devenir instit'. Et, quand ça a été fait, sachant que le cœur de sa belle était pris ailleurs, lui a rendu sa liberté en divorçant.
Alors, même si maman a retrouvé son Jean-Rémi, que je l'aime beaucoup, qu'ils ont décidé de se marier, faut que tu saches qu'il n'est pas question que je te lâche, toi qui t'es tapé tout le boulot. Dis, tu veux bien que je continue à t'appeler papa ?

Ton Audinette

Lucie d'Ambert, sa grand-mère,
Olivier et Héloïse d'Ambert, ses parents,
sont heureux de vous faire part du mariage
de leur petite-fille et fille Marie avec
Jean-Rémi Massenet.

La cérémonie religieuse aura lieu en
l'église Saint-Rémi au Mont-d'Or,
le samedi 22 juillet à 11 heures.

Hubert Massenet (†), son grand-père,
Jean et Catherine Massenet, ses parents,
sont heureux de vous faire part du mariage
de leur petit-fils et fils Jean-Rémi avec
Marie d'Ambert.

La cérémonie religieuse aura lieu en
l'église Saint-Rémi au Mont-d'Or,
le samedi 22 juillet à 11 heures.

AIDE SOCIALE A L'ENFANCE

Dossier Léo de la Presle

Ce 21 novembre

Madame, Monsieur,

Conformément à mon engagement de vous tenir au courant de la suite des événements concernant Léo de la Presle, je viens vous informer que madame le juge auprès des affaires sociales, vient d'officialiser le « délaissement » de l'enfant par ses parents.
En conséquence, votre demande d'adoption devrait être satisfaite, à titre exceptionnel, dans les mois qui viendront.
Croyez à mes meilleurs sentiments.

Colette Nicolas

De : Aude audec@wanadoo.fr
Envoyé : 2 décembre 16 : 43
À : Jean-Rémi Massenet jrmassenet@hotmail.fr

Après deux papas, deux frères, waou ! Le troisième pour quand ?

P-S : Est-il vrai que grand-mère a proposé de prendre en charge l'éducation de Léo ? Même si, depuis la grande réconciliation, elle ne cesse de chanter tes louanges, gare !

DU MÊME AUTEUR CHEZ LE MÊME ÉDITEUR (SUITE)

Laisse-moi te dire
Malek, une histoire vraie
Sois un homme, papa
Une vie en plus
Belle arrière-grand-mère
Voulez-vous partager ma maison ?
La Lanterne des morts
Les Quatre Filles du docteur Moreau
Toi, Pauline
Puisque tu m'aimes
Rose de sang, rose d'Ouessant

CHEZ D'AUTRES ÉDITEURS

Vous verrez, vous m'aimerez, Plon
Trois femmes et un empereur, Fixot
Une femme en blanc, Robert Laffont
Marie Tempête, Robert Laffont
La Maison des enfants, Robert Laffont
Cris du cœur, Albin Michel
Charlotte et Millie, Robert Laffont
Histoire d'amour, Robert Laffont
Le Talisman, Robert Laffont
(La Chaloupe, tome I)
L'Aventurine, Robert Laffont
(La Chaloupe, tome II)

Allez France, Robert Laffont
Je serai la Princesse du château,
Éditions du Rocher
Un amant de déraison, Éditions du Rocher
Loup y es-tu ?, Robert Laffont
N'ayez pas peur, nous sommes là, Flammarion
Chuuut !, Robert Laffont
Au plaisir d'aimer, Flammarion
Une femme, Flammarion

Tous les livres cités sont également publiés au Livre de Poche, excepté les romans des éditions Robert Laffont, publiés chez Pocket.

Cet ouvrage a été imprimé en France par
CPI Brodard & Taupin
Avenue Rhin et Danube
72200 La Flèche (France)

pour le compte des Éditions Fayard
en octobre 2021

Composition réalisée par Belle Page

PAPIER À BASE DE
FIBRES CERTIFIÉES

Fayard s'engage pour
l'environnement en réduisant
l'empreinte carbone de ses livres.
Celle de cet exemplaire est de :
250 g éq. CO_2
Rendez-vous sur
www.fayard-durable.fr

Dépôt légal : octobre 2021
N° d'édition : 77-5794-8/01 - N° d'impression : 3044747